Para Hannah, Nathan y Ryan.
V.M.

Para Lydia e Isaac.
B.W.

Título original: *Dewey. There's a Cat in the Library!*

Texto: Vicki Myron y Bret Witter / Ilustraciones: Steve James
Copyright © 2009 by Vicki Myron

© Ed. Cast.: edebé, 2011
Paseo de San Juan Bosco, 62
08017 Barcelona
www.edebe.com

Directora de la colección: Reina Duarte
Diseño de cubierta: Francesc Sala
© *Traducción:* Teresa Blanch

1.ª edición, febrero 2011

ISBN 978-84-236-9915-5
Depósito Legal: B. 38-2011
Impreso en España
Printed in Spain
EGS – Rosario, 2 – Barcelona

Dewey:
¡Un gato en la biblioteca!

Texto: Vicki Myron y Bret Witter
Ilustraciones: Steve James

edebé

Cada noche, los lectores depositaban sus libros en el buzón de devoluciones de la biblioteca, en la pequeña ciudad de Spencer. Libros divertidos, libros grandes y pequeños, libros interesantes... Los devolvían todos.

Hasta que una noche, la noche más fría del año, alguien depositó una inesperada sorpresa...

Un gatito.

Cuando a la mañana siguiente Vicki, la bibliotecaria, lo encontró, el gatito estaba helado, asustado y muy, muy sucio. Vicki le echó un vistazo y decidió darle un baño calentito.
El gatito entró en la pila de color marrón y maullando, y salió del agua de color naranja y ronroneando.

—Me quedaré contigo —dijo Vicki, que ya se había enamorado de él—. Te llamaré Dewey, Lector de Libros. Puedes vivir aquí y ser nuestro gato bibliotecario.

Dewey no sabía qué significaba ser un gato bibliotecario. Así que hizo lo que hacen todos los gatitos: jugar.

Se tumbaba sobre el periódico...

Se subía en el carrito de los libros...

Y tiraba los bolígrafos al suelo.

Hacía tonterías con el ratón Marty...

Fisgoneaba en todos los cajones abiertos...

Y siempre encontraba,
por lo menos, una goma elástica.

Pero lo que más le gustaba a Dewey eran los lectores.

Unos eran altos. Otros rellenitos. Algunos silenciosos. Otros ruidosos. Los niños le sorprendían, aunque no siempre para bien...

—Mira, Nathan —dijo una mamá—.

¡UN GATO EN LA BIBLIOTECA!

Nathan se agachó y dijo:

—Hola, Uñas Rasca Páginas.

—No —dijo Hanna, su hermana—. ¡Se llama Dewey, Lector de Libros!

Dewey se encogió. ¡El niño le revolvía el pelo! A Dewey le gustaba que lo acariciaran, pero no soportaba que lo hicieran a contrapelo.

Dewey se estaba lamiendo el pelo cuando escuchó un extraño ruido.

—¡Buaaa!

Las orejas de Dewey se irguieron. Miró a su alrededor.

—¡Buaaaaaaaa!

—¡Buaaaaaaaaaaa!

Dewey se concentró y se arrastró mu-u-u-uy despacio hacia el sonido.

¡Sorpresa!

¡Dewey descubrió que también
había niños diminutos!
Y les encantaba reír.
Y agarrar.
Y estirar.
Y balbucear.

«Los bebés son preciosos
y huelen requetebién»,
pensó Dewey.

Unos días más tarde, Dewey salió a explorar. Y en una sala secreta, descubrió la cosa más interesante que jamás había visto. ¡La hora del cuento!

«¡Bigotes! Esto parece divertido», pensó Dewey mientras empujaba la puerta con su hocico.

Alguien exclamó:
—¡UN GATO EN LA BIBLIOTECA!

Dewey permaneció i

Se hizo el silencio durante un minuto.

¡Y entonces, todos se pusieron a alborotar!

Poco después, Dewey se dio cuenta de que lo transportaban boca abajo.

«¡Bigotes! ¿Qué puedo hacer?», pensó Dewey.

Aquella noche, Dewey habló con su amigo el ratón Marty.

—La biblioteca es un lugar magnífico —explicó Dewey—, pero estoy cansado de que me agarren, me empujen y me lleven boca abajo. No soy un simple gato en una biblioteca. Soy un gato bibliotecario. Un gato bibliotecario debe ayudar a los lectores, creo yo. Y estoy un noventa y dos por ciento convencido de que ésa es la razón por la que estoy aquí.

El ratón Marty no dijo nada.

—Eso haré —dijo Dewey—. Ayudaré a los lectores.

Y se sintió tan feliz que lanzó al ratón Marty por los aires, lo golpeó con sus patas traseras y luego durmió sobre él como si fuera una almohada.

A la mañana siguiente, cuando llegaron los primeros lectores, Dewey los recibió en la puerta principal.

Esa mañana, Dewey actuó como un gato bibliotecario.

Leyó con las mamás y las abuelas...

Ayudó a los papás con su trabajo.
E incluso guardó libros con la bibliotecaria.

Cuando vio al pequeño Nathan, se dio la vuelta de
manera que el niño pudiera acariciarlo de la cabeza a la
cola: la dirección correcta para acariciar a un gato.

—Me alegro de que seamos amigos, De-we-y —dijo
Nathan.

Dewey sonrió.

Al mediodía, Dewey estaba agotado. Así que buscó una caja.

Primero introdujo sus patas delanteras, luego la barriga.

Metió la parte trasera, se contoneó hasta que estuvo dentro... y cerró los ojos.

—¡Hay una magdalena naranja en la biblioteca! —se rió una niña.

Papeles
usados

Pero cuando Dewey estaba a punto de dejarse llevar por sus dulces sueños de gatito, escuchó un profundo suspiro. De repente, abrió los ojos y vio a una niña al otro lado de la biblioteca.
La niña leía en silencio y parecía muy triste.

Saltó a su lado y la observó.

La niña miró hacia otra parte.

Olisqueó su mano.
Ella no quiso jugar.

Tiró sus manoplas al suelo.
Ella ni las recogió.

Entonces Dewey vio su chaqueta y tuvo una gran idea...

¡Las bromas siempre funcionan!

¡Hoy sería un gato bromista!

La niña miró a Dewey.

—Pareces una salchicha dentro de un panecillo violeta —le dijo.

¡Menuda sorpresa!

La niña comenzó a reírse a carcajadas.

—Te quiero, Dewey, Lector de Libros —susurró la niña cuando el gato se acurrucó entre sus brazos y empezó a ronronear.

«Realmente, soy un VERDADERO gato bibliotecario, y me siento muy bien», pensó Dewey.

Ayudando a los lectores se sentía mejor que bien.

Se sentía... *¡miauuuravillosamente!*

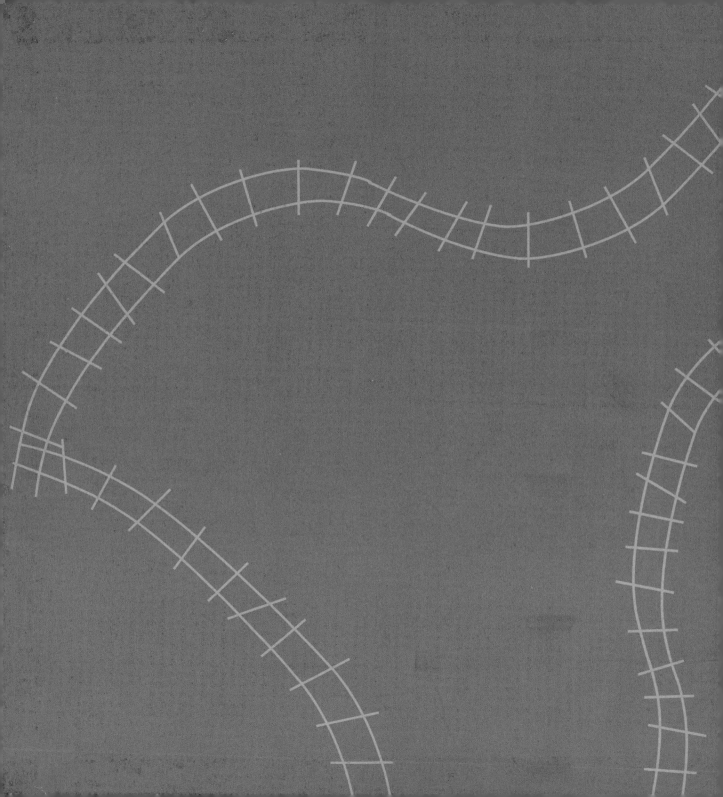